19 Novembre 1884.

VENTE

PAR SUITE DE DÉCÈS

DE

MEUBLES ANCIENS

DES XVIIᵉ ET XVIIIᵉ SIÈCLES

Sculptures — Bronzes — Curiosités
Porcelaines

15 TAPISSERIES ANCIENNES

Piano à queue de PLEYEL

INSTRUMENTS DE MUSIQUE

TABLEAUX ANCIENS ET MODERNES

Aquarelles, Dessins, Gravures encadrées

Beau Portrait de femme attribué à MIGNARD

LIVRES ET QUANTITÉ DE PARTITIONS DE MUSIQUE

HOTEL DROUOT, SALLE N° 2

Les Mercredi 19 et Jeudi 20 Novembre 1884

A DEUX HEURES

Par le ministère de **Mᵉ Léon TUAL**, Commisʳᵉ-Priseur,
rue de la Victoire, 39.

ASSISTÉ DE

Pour les Objets d'art et Tableaux	Pour les Livres
M. B. LASQUIN	**M. MARTIN**
EXPERT	LIBRAIRE-EXPERT
rue Laffitte, n° 12	rue Séguier, n° 18

EXPOSITION PUBLIQUE

Le Mardi 18 Novembre 1884. de une heure à cinq heures.

PARIS — 1884

CONDITIONS DE LA VENTE

Elle aura lieu au comptant.

Les Acquéreurs paieront CINQ POUR CENT en sus des enchères.

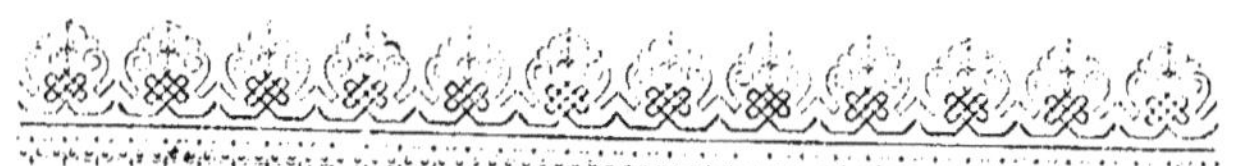

DÉSIGNATION

AMEUBLEMENT

1 — Beau Cabinet en ancien laque de Chine, à reliefs dorés sur fond noir, avec riche garniture de charnières, écoinçons et fermoirs en cuivre gravé et doré.

Ce Meuble repose sur une console Louis XIV en bois sculpté et doré.

2 — Cabinet Louis XIII plaqué de bois d'ébène et d'écaille et incrusté de filets d'ivoire, avec sa table-support.

3 — Grand Lit Louis XIII à colonnes et baldaquin en bois sculpté, à rinceaux, figures, godrons et mascarons. Le fond du baldaquin est garni de tapisserie ancienne.

4 — Meuble à deux corps, du temps de Louis XIII, en bois sculpté; il ouvre à quatre portes représentant, en bas-relief, des sujets tirés de l'ancien Testament. Les montants et le rang de tiroirs sont sculptés, à cariatides, groupes de fruits et mufles de lion. La frise représente l'histoire de la Création et des têtes de chérubins.

5 — Grand Bureau Louis XIV en bois noir, garni
de chutes et d'ornements en bronze et
bordé d'un quart de rond en cuivre,
dessus de velours rouge.

6 — Cabinet Louis XIII en bois d'ébène plaqué
d'écaille rouge, incrusté de filets d'ivoire,
garni d'ornements en bronze et en cuivre
estampé.

Il repose sur un support à six pieds
balustres.

7 — Table de nuit en bois satiné, formée d'une
petite commode Louis XV.

8 — Table-Toilette Louis XV en bois satiné.

9 — Cabinet Louis XIII en bois noir, orné de
glaces sur les tiroirs.

10 — Coffre en bois sculpté, à frise de rinceaux
et figures d'amours.

11 — Petite Table pliante Louis XIII en bois
marqueté et pieds tournés.

12 — Deux Torchères à figures de négrillons
debout, en bois sculpté et doré en partie,
avec lampes au gaz.

13 — Baromètre Louis XVI en bois doré.

14 — Glace Louis XIII avec cadre en bois noir,
garnie d'ornements en cuivre estampé.

15 — Glace Louis XIV, à fronton.

16 — Glace avec bordure et fronton à entre-deux,
formée de volutes en bois sculpté et doré.

17 — Table à rallonges, de style Renaissance, à supports en bois sculpté, à mascarons têtes de femmes et griffes de lion.

18 — Trois Tables-Supports reposant sur des figures d'enfants en bois sculpté.

19 — Petit Miroir Louis XIII garni d'appliques en cuivre estampé.

20 — Piano à queue de chez Pleyel, en bois de palissandre.

21 — Grand Meuble vitré en bois noir, à cannelures. Il ouvre à quatre vantaux. Le fond est garni de glaces.

22 — Vitrine octogone en bois noir.

SIÈGES

23 — Douze grands Tabourets carrés à quatre pieds, griffes de lion et tore de laurier en bois sculpté et doré en partie, garnis de broderies et d'étoffes anciennes.

Ces Sièges proviennent des grands appartements du château des Tuileries, ainsi que l'indiquent des marques d'inventaire portant la date de 1829.

24 — Quatre Fauteuils Louis XIV en bois sculpté et doré, pieds en consoles avec traverses, recouverts en velours ponceau avec galons.

25 — Bergère Louis XVI en bois doré, garnie
d'ancienne soierie.

26 — Quatre Chaises et un Fauteuil Louis XIV,
garnis de velours vert et de tapisserie au
point.

27 — Deux Fauteuils Louis XIV, garnis de soierie
ancienne.

28 — Deux Chaises Louis XIII, garnis de cuir.

29 — Lit de repos en bois sculpté et doré, du
temps de Louis XIV, en bois sculpté et
doré, garnis de velours rouge.

30 — Lit de repos Louis XIV en bois sculpté et
doré, garni de tapisserie ancienne.

31 — Trois Chaises Louis XV et Louis XVI et un
Tabouret.

32 — Petite Glace Louis XV à bordure, en bois
sculpté et doré.

BRONZES

33 — Bronze. Rabelais, par Mélingue, 1845.

34 — Bronze. Buste d'enfant à patine noire. Travail du xviie siècle.

35 — Bronze. Les chevaux de Marly, d'après
Coustou.

SCULPTURES

36 — Marbre antique. Statuette de Diane courant; la tête, les bras et les jambes sont refaits. H. 0^m64.

37 — Marbre blanc. Mascaron, tête d'Hercule coiffé de la peau du lion de Némésis. Beau travail du xvie siècle, dans le style antique. H. 0^m25. L. 0^m22.

38 — Terre cuite. Buste de Villemain, par Lequien.

39 — Bois sculpté. Buste de femme, couleur bronze. Travail de l'époque Louis XIV.

40 — Terre cuite. Le Bûcheron.

41 — Terre cuite. Buste de M. Gérome, par Carpeaux.

42 — Terre cuite. Baigneuse couchée.

43 — Bois sculpté. Groupe en bois doré, représentant un enlèvement, d'après Jean de Bologne.

44 — Groupe. Hercule terrassant un centaure.

45 — Bois sculpté. Groupe représentant les trois Marie, xvie siècle.

46 — Bois sculpté. Groupe en haut relief. Le Christ mort. La Vierge, xvie siècle.

47 — Bois sculpté. Statuette de prédicateur.

48 — Bois doré. Statuette d'empereur.

49 — Bois sculpté. Vache debout.

OBJETS DIVERS

50 — Trois Écuelles Louis XIV en étain, à ornements variés.

51 — Hanap, forme casque, et une Cuvette en cuivre argenté.

52 — Lustre à six lumières en cuivre.

53 — Petit Lustre hollandais à six lumières.

54 — Plusieurs paires de Fûts en stuc et en bois.

55 — Plâtres. Bas-reliefs. Statues, Groupes. Réduction d'après l'antique, etc.

56 — Petit Cartel. Porte-Montre en bois noir et bronze doré, à ornements Louis XIV.

FAIENCES ET PORCELAINES

57 — Deux Seaux en ancienne faïence de Rouen, décor bleu à lambrequins.

58 — Écritoire, décor en bleu et rouge en ancienne faïence de Rouen.

59 — Faïences de Nevers, Moustiers, Marseille et autres.

60 — Deux Potiches en vieux chine, dessin bleu, sur décoré à froid.

61 — Groupe en biscuit, représentant quatre figures allégoriques debout.

62 — Potiche ovoïde en vieux Chine, décor bleu à compartiments.

63 — Grande Potiche en vieux Chine, décor bleu à fleurs arabesques.

64 — Anciennes Porcelaines de Saxe : Pièces de cabarets, Tasses, Soucoupes, Écuelles, etc.

65 — Service à dessert en porcelaine de Sèvres, à marli vert et or.

66 — Service à déjeûner en porcelaine de Sèvres, fond lilas et or.

TABLEAUX

ANCIENS ET MODERNES

68 — **Amaury** (Duval). Tête d'ange. Peinture sur faïence.

69 — **Adam** (H.). Deux Moines en prière.

70 — **Bard.** Vue de ville.

71 — **Boilly** (Attribué à). Portrait d'homme.

72 — **Bourguignon.** Choc de cavalerie.

73 — **Brauwer** (Adrien). Le Concert rustique.

74 — **Chaplin**, 1850. Porchers conduisant un troupeau.

75 — **Couturier**. Basse-Cour.

76 — **Ecole primitive d'Italie**. Triptyque.

77 — **Ecole italienne**. Le Parnasse. Copie d'un peintre flamand.

78 — **Ecole italienne**. La Vierge, l'Enfant Jésus et saint Joseph.

79 — **Ecole française**. Bas-Relief dans le goût de Sauvage. Jeux d'amours. Peinture sur papier.

80 — **Ecole hollandaise**. La Servante endormie (Effet de lumière), dans le goût de J. Steen.

81 — **Esquisse**. Ronde d'amours.

82 — **Hermann** (Léon). Gentilhomme debout.

83 — **Honthorst** (Attribué à). Le Concert.

84 — **Inconnu**. Le Tirage de la loterie. Composition satirique.

85 — **Mignard** (Attribué à). Portrait d'une jeune dame de la cour.

Représentée en pied, de grandeur naturelle, assise sur la terrasse d'un parc, tenant un livre et un instrument de musique. Gracieux portrait d'un effet décoratif des plus agréables. Cadre d'époque en bois sculpté. H., 1m80. L., 1m23.

86 — **Picot**. Esquisse pour une peinture décorative. La France entre la Justice et la Force.

87 — **Schaeffer**. Paysage d'Arcadie.

88 — **Tilborg**. Les bons Vivants.

89 — **Venne** (Van der). Assemblée de nobles personnages en costume du xvie siècle, à l'entrée d'un village un jour de kermesse.

 Cette composition comprend une multitude de figures très finement peintes et qui semblent être des portraits. OEuvre des plus intéressantes. Bois, H., 0^m72. L. 1^m02.

90 — **Venius** (Genre de Otto). Danseurs et Musiciens.

91 — **Vos** (D'après C. de). Tête de-jeune fille.

AQUARELLES ET DESSINS

92 — **Cruise** (John). Paysage, vue de rivière (Aquarelle).

93 — **Decamps**. Une Grotte (Sépia).

94 — **Decamps**. Albanais (Dessin rehaussé).

95 — **Decamps**. Jeune Paysanne (Dessin).

96 — **Enfantin**. Chasse au lièvre (Sépia).

97 — **Ecole flamande**. L'Enfant prodigue à table (Aquarelle).

98 — **Ecole de Rubens**. Chasse au faucon (Aquarelle).

99 — **Janet-Lange**. Scène d'opéra (Aquarelle gouachée).

100 — **Lebas**. Fontaine et Constructions (Sépia).

101 — **Maréchal**. Paysage (Pastel).

102 — **Othon**. Une Muse (Pastel ovale).

103 — **Wyld**. Pêcheuse au bord de la mer (Aquarelle).

104 — Cadre contenant un dessin à la plume : Tête de divinité, par David, et deux têtes au crayon noir, attribuées à Prud'hon.

105 — Gravures encadrées.

LIVRES

106 — Environ 1,000 Volumes d'Histoire et de Littérature, Ouvrages sur la Musique et quantité de Partitions d'orchestre anciennes et modernes, Musique instrumentale.

TAPISSERIES

107 — Quinze Tapisseries anciennes à sujets de paysages et personnages, verdures, etc.

SUPPLÉMENT

—

Objets appartenant à M. X.

—

PORCELAINES DE SÈVRES

ET AUTRES

109 — Compotier rond, dentelé, à décor de fleurs,
en vieux Sèvres, pâte tendre.

110 — Six Assiettes gaufrées à fleurs et filets bleus
en vieux Sèvres, pâte tendre.

111 — Six autres Assiettes de décor analogue, en
vieux Sèvres.

112 — Ravier forme nacelle, en vieux Sèvres, pâte
tendre, décoré de bouquets de fleurs et
de filets bleus.

113 — Tasse et Soucoupe en vieux Sèvres, pâte
tendre, décor à jeté de fleurs.

114 — Petit Sucrier en vieux Sèvres, forme con-
tournée, décoré de fleurs en camaïeu
carmin.

115 — Tasse droite et sa Soucoupe en vieux Sèvres,
pâte tendre, à deux bandes bleu et or, et
deux zones de fleurs.

116 — Tasse et Soucoupe en vieux Sèvres, pâte
tendre, à décor de myosotis.

117 — Quatre Assiettes creuses en vieux Sèvres, pâte tendre, décor à fleurs et filets bleus rehaussés d'or.

118 — Plaque en vieux Delft, marine.

119 — Deux Plaques en Delft, décor bleu, Bergers et Bestiaux et scène de Cabaret.

120 — Deux autres Plaques en Delft, Jésus et la Samaritaine et Pastorale.

121 — Deux Cornets en faïence espagnole, à reflets sur fond bleu.

122 — Deux Vases en faïence de Castel-Durante, décorés de trophées et de médaillons.

123 — Deux Pots à couvercles en porcelaine de Chine, à figures en couleurs.

124 — Vase ovoïde en vieux Chine, décoré de trois figures.

125 — Vase en céladon vert d'eau, à ornements gaufrés.

126 — Deux Bouteilles en grès émaillé gros bleu.

127 — Jardinière sphérique en vieux Chine, décor bleu à arabesques.

128 — Quatre Plats ronds en ancienne faïence de Strasbourg et autres.

129 — Quatre Plats en ancienne faïence de Delft, décor bleu.

130 — Plat godronné en faïence de Delft.

131 — Deux Vases en porcelaine tendre de Tournai, à médaillons de fleurs et d'oiseaux, sur fond gros bleu, vermiculé d'or, avec montures à piédouche, anses et couvercles en bronze doré.

BRONZES

132 — Deux paires de Bras-Appliques à trois lumières, en bronze ciselé et doré au mat, du temps de l'Empire.

133 — Deux Girandoles à deux lumières, de même style.

134 — Deux Flambeaux de même style.

135 — Bronze. La Vierge et l'Enfant Jésus, par Gustave Doré.

136 — Bronze. Statuette Henri IV enfant, d'après Bosio.

137 — Bronze. Groupe Vierge et Enfant.

138 — Cassolette sphérique à couvercle, en ancienne porcelaine de Chine, à décor bleu. sur pieds Louis XIV en bronze doré.

139 — Vase en bronze vert de la Chine, à anses trompes d'éléphants.

140 — Bassin vénitien du xvie siècle en cuivre gravé.

141 — Collection de 43 Médailles en bronze, portraits des ducs de Lorraine.

142 — Deux Candélabres Louis XVI en bronze doré et marbre blanc.

143 — Deux Appliques de style Louis XV, en bronze doré.

144 — Petite Pendule Louis XVI, à cadran tournant et mouvement à jour, sur socle en marbre blanc.

145 — Lustre à six lumières, en bronze ciselé et doré, d'un très beau modèle de Boule.

145 *bis* — Belle Suspension de salle à manger en bronze ciselé, avec lampe et bras-porte-bougies, de style Renaissance.

—

MEUBLES

146 — Petite Console Louis XVI en acajou à pieds cannelés, côtés cintrés, dessus de marbre à galerie de cuivre.

147 — Bureau Louis XV à dos d'âne, en bois satiné marqueté, à quadrillages et à côtés contournés.

148 — Secrétaire Louis XVI, à côtés cintrés, en acajou, garni de bronzes et à dessus de marbre.

149 — Meuble-Scriban en noyer, à moulures.

150 — Console Louis XVI en acajou, à dessus de marbre blanc.

151 — Table-Toilette Louis XV en bois de rose, garnie de bronzes.

152 — Bois de canapé Louis XVI.

153 — Console Louis XVI en acajou, à moulures de cuivre.

154 — Baromètre Louis XVI en bois sculpté et doré.

155 — Dix-huit Panneaux en bois sculpté des xvie et xviie siècles.

156 — Devant de coffre en bois sculpté du xvie siècle.

INSTRUMENTS DE MUSIQUE

157 — Guitare vénitienne incrustée d'ivoire et portant le nom *Giorgio Sellas Alla Stella, in Venetia*, 1636.

158 — Psaltérion dont la monture en bois est incrustée de filets et la table harmonique peinte à fleurs.

159 — Guitare allemande du xviiie siècle.

160 — Un Alto, un Violon et un Archet.

161 — Casier à musique en acajou.

TABLEAUX

—

162 — **Comte** (P.-C.). Confidence.

163 — **Dumont.** Promenade de la villa Médicis (Sépia).

164 — **Ecole française.** Amours sur des nuages.

165 — **Fissette** (Léopold). L'heureux Ménage.

166 — **Greuze** (Genre de). Scène familière.

167 — **Laporte** (Émile). Sujet historique.

168 — **Piazzetta.** Loth et ses Filles.

169 — **Rickaert.** Fumeur.

170 — **Van der Neer** (Eglon). Le Guitariste. Très bon tableau de l'artiste, signé à droite et daté 1672.

171 — **Lazzarini.** Saint Sébastien.

172 — Deux Gravures en couleur. de Janinet : Portraits historiques.

173 — Deux Aquarelles.

174 — **Frémont.** Fanchon. Peinture sur porcelaine.

Vᵒ Renou. Maulde et Cock, imprs de la Cie des Commissaires-Priseurs, rue de Rivoli, 144.   300—52473